AF355845

NOTICE

DES

ESTAMPES ANCIENNES,

PORTRAITS,

DONT LA VENTE AURA LIEU

PLACE DU VIEUX-MARCHÉ, Nº 11,

Le Jeudi 18 Décembre 1873,

A UNE HEURE PRÉCISE,

Par le ministère de l'un de MM. les Commissaires-Priseurs
d'Orléans.

ORLÉANS,

H. HERLUISON, LIBRAIRE,

17, RUE JEANNE-D'ARC, 17,

—

1873.

On suivra l'ordre des Numéros.

———

Six pour cent en sus des adjudications.

———

M. Herluison, chargé de la vente, remplira, aux conditions habituelles, les commissions des personnes qui ne pourraient y assister.

ESTAMPES.

1 **Aliamet**, Beaumont, Moyreau, Chasses, d'après Wouvermans, 7 pièces en largeur.

2 **Anonyme**. La tempête. Épreuve avant la lettre.

3 **Audran** (G.). Plafonds, 6 p.

4 **Avril**. La prise de Courtrai. — Le passage du Rhin, 2 p. en long.

5 **Balechou**. Latone vengée, p. en larg.

6   —   Les baigneuses, belle épreuve avec les raies (encadrée).

7 **Balechou**. Le calme, belle ép. du 4me état (encad.)

8   —   La tempête, d'après **J**. Vernet, belle ép. du 3me état (enc.).

9 **Balliu** (P. de). Renaud et Armide, d'après Van Dyck, très-belle ép. du 2me état.

10 **Balliu**. — La même, belle épreuve du 3me état.

11 **Basan**. La pudeur, p. en haut.

12 **Bauduins**. Paysages, 2 p. en larg.

13 **Bazin** (N.). Les quatre Évangélistes, 4 p., belles ép.

14 **Benoist**. Bethzabée au bain (enc.).

15 **Berain** et autres. Plafonds et ornements, 6 p.

16 **Blootéling**. Animaux, d'après Rubens, 4 p. (enc.).

17   —   L'âge d'or, p. en travers.

18 **Blot**. Marcus Sextus, d'après Guérin.

19 **Bois anciens**. La passion de N. S. Jésus-Christ, 23 p. in-12.

20 **Bolswert**. Paysage, d'après Rubens, en larg.

21   —   Plafonds, 2 p. en larg.

22 **Bolswert.** Le serpent d'airain, très-belle ép.

23   —   Sainte Thérèse, très-belle ép. en haut.

24   —   La Sainte Vierge tenant l'enfant Jésus sur ses genoux devant le concert des Anges, d'après Van Dyck, très-belle ép.

25 **Boissieux.** Paysage, p. en larg.

26   —   Vaches à l'abreuvoir, p. en larg.

27   —   La chute d'eau et le moulin, d'après Ruysdael, p. en larg.

28 **Briot.** Les métamorphoses d'Ovide, 100 p. in-12.

29 **Bry** (T. de). Le triomphe de Bacchus. *Beham*, scène villageoise, 2 p. en trav.

30 **Buigne** (de). Le chaudronnier. — Le raccommodeur de faïence, 2 p. en haut.

31 **Callot** (J.). La sainte Famille à table.

32   —   La tour de Nesle et le Pont-Neuf, p. en trav.

33   —   La même copie avec l'adresse de J. Valot.

34   —   Les supplices, les gueux, 3 p. en trav.

35   —   Les gueux, 2 p. en trav.

36   —   La grande chasse, p. en larg. avec l'adresse d'Israël.

36 *bis*. **Callot.** Varie figure Gobbi, 20 p.

37 **Callot.** Parterre du palais de Nancy, p. en larg.

38   —   Saint Nicolas ou saint Séverin.

39   —   La carrière ou la rue Neuve de Nancy, p. en trav., avant l'adresse de Sylvestre.

40 **Callot.** La passion, les gueux, costumes, etc., 25 p.

41 **Carache** (A.). 1590. Saint Joseph, la sainte Vierge et l'enfant Jésus, p. en trav.

42 **Cathelin.** Latone vengée, p. en trav. (épreuve avant la lettre).

43 **Clemens.** D'après Bourdon, la mise au tombeau,
b. ép. avant la lettre.

44 **Cochin et Lebas.** D'après Vernet. Vue du Havre,
ép. avant la lettre.

45 **Cochin et Lebas.** D'après Vernet. Le Havre, Marseille, 2 p., la première avant la lettre.

46 **Coelmans.** Qui docet manus meas.

47 **Coiny.** Figures des métamorphoses d'Ovide, 12 p.
in-8° à toutes marges.

48 **Coulet.** Départ de la chaloupe, l'heureux passage,
2 p. en trav.

49 **Crispin de Passe.** Emblèmes, 32 p. de forme ronde.

50 **Dantzel.** Les enfants de Rubens, in-fol.

51 **David.** Le marché aux herbes d'Amsterdam.

52 **Debucourt.** Intérieur d'une salle à manger et d'une
cuisine, 2 p. en larg. en manière noire.

53 **Debucourt.** La bénédiction de la mariée, p. en larg.

54 **Demarcenay** de Ghuy. L'amour fixé, d'ap. Lebrun.

55 **Denon (V.).** Lions et lionnes, 3 p. à l'eau forte.

56 — (V.). L'adoration des bergers, d'ap. Giordone.

57 **Desnoyers (B.).** Dédale et Icare, in-fol. en haut.

58 — (B.). Belisaire, d'après Gérard.

59 **Dossier.** Saint Augustin, saint Grégoire, saint Jérôme,
3 p.

60 **Drevet.** Bataille de Constantin, p. en trav.

61 **Dumont.** Le joueur de cornemuse. — La Savoyarde,
2 p. en haut.

62 **Duplessis-Bertaux.** Vue de Constantinople, bataille,
2 p. en trav. à l'eau forte.

63 **Dupuis.** Amusements de la jeunesse, malice enfan-
tine, 2 p.

64 **Durer** (A.). Le chasseur Saint Hubert (copie).

65 — La vierge au singe, copie par Wiorix.

66 **Earlom.** The holy familly, p. en manière noire.

67 — Mordecai, p. en trav. (enc.).

68 **Edelinck.** D'après Lebrun. La Madeleine repentante portrait de Mlle Lavallière, p. en haut.

69 **Edelinck.** Combat des quatre cavaliers, d'après Léonard de Vinci, très-belle épreuve de 1er état avant la lettre.

70 **Egypte et Syrie.** 20 p. gravées in-8°.

71 **Femmes célèbres.** Sur 12 cartes in-8° en trav.

Ce jeu renferme 52 petits portraits en pied avec un texte au bas, on y remarque les portraits d'Isabeau de Bavière, de Blanche de Castille, d'Anne d'Autriche, de Marie Stuart, etc.

72 **Foulquier.** La mort de sainte Monique, eau forte in-fol.

73 **Francisque** (d'après). Paysages et autres. 16 p. en large.

74 **Fratrel.** L'histoire éclaire les faits et donne l'immortalité, p. en h.

75 **Frey** (J.) La communion de saint Jérôme, d'après le Dominicain.

76 **Gaillard.** L'accord de mariage, p. en haut.

77 **Gaitte.** Monuments de Paris, en médaillons, 25 p. à toutes marges, dont 2 avant la lettre.

78 **Galle** (P.) Construction du Temple de Salomon, in-fol. en trav.

79 **Gaultier** (L.) D'après J. Cousin. Les Cyclopes forgeant, p. en travers (Glomisée).

80 **Gaultier** (L.) Le jugement dernier.

81 **Gavarni**, Daumier et autres. Caricatures et charges. Robert-Macaire, etc., **28** lithog. en coul.

82 **Ghisi** (G.) Mautouan, d'après L. Penni. Le chasseur Orion, portant sur ses épaules Diane, déesse des forêts (1575) (en cad.)

83 **Godefroy.** Paysage, cascade et pêcheurs sur le 1er plan, d'après Leprince. Belle ép. avant la lettre.

84 **Goltzius.** Costumes, 13 p.

85 — Les neuf muses, 9 p. in-4°.

86 — Vénus regardant l'amour, 3 p.

87 — Un porte-enseigne, p. en haut.

88 — Hercule (1589) p. en haut.

89 — La passion de Jésus-Christ, 12 p. in-f° remontées.

90 **Gouaz** (le). Vues des environs de Caudebec en Normandie, 2 p. en trav., belles ép.

91 **Grévedon.** Portraits de femme, 25 p. in-f°, lithog.

92 **Haid.** L'enfant prodigue. La femme savante, 9 p.

93 **Haussart.** Esther et Assuérus, 4 p. in-4° en larg.

94 **Hertel** excudit. Décorations théâtrales, 7 p. en larg.

95 **Henriquez.** Jupiter et Calisto, p. en rond, d'après Hallé.

96 **Heumann**, Cervinus et autres. Monuments de Vienne (Autriche). 120 p. in-f°.

97 **Hill.** Le berger sans malice. Le bain de la bergère, 2 p., d'après Berghem.

98 **Hollard.** Animaux, 8 p.

99 — Tête d'homme et de femme, 2 p., d'après Holbein, belles ép.

100 **Hondius.** Paysage en larg.

101 **Ingouf** *junior.* Esaü présenté à Isaac, p. en travers.

102 **Jazet**. La leçon de barbe.

103 — Scènes des vêpres siciliennes et de la St-Barthelemy, 2 p.

104 **Jeanne d'Arc**. La Pucelle d'Orléans, d'après le tableau de la galerie cardinale, in-f° en haut. (encad.)

105 **Jenet**, inventor. La danse des 3 enfants, très-belle ép. en trav.

106 **Jordans** (d'après). La coquetterie, p. en larg. belle ép.

107 **La Chapelle** (d'après). Costumes de femmes turques, 10 p.

108 **Lafrey**. Sacrifices payens, p. en larg. d'après Michel Ange.

109 **La Londe** (de). Œuvre composé de 21 cahiers contenant 126 planches in-f° à toutes marges.

Dont : cahiers de bordures, de plafonds, modillons et rosaces, corniches, de meubles et d'ébénisterie, tables, consoles, d'ameublement, etc.

110 **Launay** (de). La partie de plaisir, p. en larg., belle ép.

111 **Laurent** d'après Poussin. Le déluge, p. en larg.

112 **Langlois**. (P. G.) Un villageois qui rit en tenant son chien, p. ovale, épreuve avant la lettre.

113 **Larmessin**. Le Savoyard, p. en larg.

114 — Portrait de comédien, in-fol. en haut, belle ép.

115 **Le Bas**, d'après Teniers. Feste de village, réjouissance flamande, 2 p. en larg.

116 **Lefevre** (A.) d'après Prudhon. L'enfant endormi, p. en trav.

117 **Lefort** (Anna). La nymphe Erigone.

118 **Leeuw**, d'après Rubens. Chasse aux loups, p. en larg.

119 **Legrand.** Les soirées d'hivers. Richesses de l'été, etc., 3 p. en larg.

120 **Leu** (T. de) Anges, 4 p.

121 **Le Veau.** Le juge ou la cruche cassée.

122 **Lithographies**, 1 lot.

123 **Longueil** (de). Halte flamande, d'après van Ostade, p. en h.

124 **Maillery.** La vieillesse et la jeunesse, 6 p. in-4°, en trav.

125 **Marc de Ravenne.** Saint Thomas, saint Barthelemy, saint André, saint Philippe, saint Simon, saint Jacques, saint Mathieu, saint Thadée, 8 p.

126 **Mariage.** La femme adultère, d'après Poussin, très-belle épreuve avant la lettre (encad.)

127 **Marinus** (d'après Jordaens), Le martyre de sainte Appoline, grand in-f° en haut.

128 **Marcks.** Les 4 saisons, 4 p. in-f°.

129 **Malœuvre.** Aux manes de J. J. Rousseau, p. en trav.

129 *bis* **Martini.** Vues de Lyon, 2 p. en trav., avant la lettre.

130 **Masson** (A.) 1846. La mise au tombeau, d'après le Titien, in-f° en trav.

131 **Meryon.** Le petit pont. Le pont Notre-Dame, 2 p. in-4°.

132 **Michel-Ange** (d'après). La vérité (Roma 1591), très-belle épreuve doublée.

133 **Michelen.** Les œuvres de miséricorde, 10 p. sur une feuille.

134 **Mignard** (d'après). Les 6 arts libéraux, 6 p., belles ép.

135 **Moucheron.** Vue d'un parc avec vase et fontaine, vue d'un jardin, 2 p. en larg., très-belles ép. l'une avant l'adresse.

136 **Natalis.** La Madeleine aux pieds du Christ, p. en trav.

137. **Norblin.** Susanne et les vieillards, belle eau forte, d'après Rembrandt.

138 **Orléans.** Entrée à Orléans de Mgr Fleuriau d'Armenonville, le 1er mars 1707, pièce rare imprimée sur soie.

139 **Orléans** (plan d') gravé par Inselin et dédié à Mgr de Coislin.

140 **Ostade** (Van). Le peintre, in-fol.

141 **Ostade** (Van). Scènes d'intérieur, 5 p. sur 1 feuille.

142 **Ouvrier.** Vue des Alpes, p. en haut.

143 **Paris.** Plans de Paris, extraits du traité de la police de Delamarre, 8 p.

144 **Paris.** Vues et divers monuments, 42 p. de l'in-fol. à l'in-12.

145 **Pariseau.** La flagellation de saint André, eau forte en haut.

146 **Parrocel** (P.), d'après Subleyras. Le triomphe de Bacchus et d'Ariane, p. en larg.

147 **Peak.** Mercury and Battus, in-fol.

148 **Personnages** de l'antiquité, d'après des pierres gravées, 23 p. 8°

149 **Pesne.** L'été, l'automne, 2 p. en larg.

150 **Peters.** Vue perspective de la ville d'Orléans, p. en larg.

151 **Photographies.** Portrait de Ph. de Champagne, sujets religieux. etc., 20 p.

152 **Picquenot** (Euphrasie). Le mont Etna, le mont Liban, 2 p. en larg.

153 **Piéces** en couleur, 34 p. de divers formats.

154 **Pierres gravées** antiques, 106 p. in-8°.

155 **Piringer.** D'après Salmon. Vues d'Orléans, 2 p. (enc.)

156 **Piraneze.** Architecture, monuments, 20 p. de grand format.

157 **Platier,** Beaumont et autres. Charges et caricatures, les enfants terribles, M. Mayeux, etc., 40 p. in-4°, lith. en noir.

158 **Poilly** (de). Saint-Augustin, d'après Ph. de Champagne, in-fol. en haut.

159 **Pompadour** (Mme de). Un enfant tenant un bâton.

160 **Ponce.** Les cerises, Annette et Lubin, 2 p. in-fol. en haut.

161 **Pontius** (P.). Esther et Assueur, le jugement de Salomon, 2 p. en trav.

162 **Pontius** (P.). D'après Rubens. Le massacre des Innocents (encad.)
Très-belle épreuve de cette pièce capitale.

163 **Porporati.** Agar renvoyée par Abraham, p. en haut. (enc.).

164 **Porporati,** Mechel, Demarcenay et autres. Sujets représentant l'amour, 30 p. de tous formats.

165 **Poulleau.** Ruines, 2 p. en haut.

166 **Prevost.** Frontispice de l'encyclopédie, in-fol.

167 **Rajon.** Un mariage protestant en Alsace, eau forte.

168 **Regnault.** La fontaine d'amour, d'après Fragonard (encad.).

169 **Regnesson.** Le Saint-Esprit descend sur les Apôtres, in-fol. en haut.

170 **Rollet.** L'inquiétude, p. en haut.

171 **Rembrandt.** Le vendeur de mort aux rats (B. 121).

172 **Reynolds.** Theholy family, p. en haut. en man. noire.

173 **Reynolds.** Scène d'inquisition, p. en h. en man. noire.

174 **Reynolds.** La partie de dominos, p. en m. noire.

175 **Romanet.** Le chasseur et la villageoise, p. en haut. avant la lettre.

176 **Rouargue.** Sujets tirés de la vie de Jésus-Christ, 20 p. in-fol. sur p. de Chine.

177 **Sadeler.** La naissance du Sauveur. La cène, 2 p.

178 — La Vierge tenant l'enfant Jésus, in-fol. en haut., d'après Albert Durer (enc.), très-belle épreuve.

179 **Saint-Aubin.** C'est ici les différents jeux des petits polissons de Paris, 6 p. en haut.

180 **Saint-Aubin.** Jupiter et Leda, d'après P. Veronèse, b. ép en haut.

181 **Salamanca.** La nativité (1540), p. en larg.

182 **Savery.** Les métamorphoses d'Ovide, 15 p.

183 **Schmutzer.** Decius consultant sur la victoire. — Mucius Sœvola, 2 p. en haut., d'après Rubens.

184 **Servouter.** Chasses, 7 p. en trav.

185 **Silvestre** (Israël). Vue d'Orléans, en 2 feuilles.
Superbes épreuves à toutes marges. Très-rare dans cette condition.

185 *bis* **Sisco.** D'après Norblin. Le baptême de Jean, la cène, Jésus-Christ et ses Apôtres, 5 p. in-fol.

186 **Sornique.** Le jeune symphoniste, d'après Jeaurat, in-fol.

187 **Soutman.** Jésus-Christ et la femme adultère, belle ép. en trav.

188 **Steen.** D'après le Corrége. L'amour se formant un arc de la massue d'Hercule. — L'enlèvement de Ganymède, 2 p. en haut. (enc.). Très-belles épreuves.

189 **Tableaux,** statues, bas-reliefs et camées de la galerie de Florence et du palais Pitti, 30 p. in-fol. à toutes marges.

190 **Tardieu.** Plafonds, d'après Coypel, 2 p.

191 — Saint-Aubin, Chenu et autres. Sujets de l'histoire romaine, 55 p. in-4°.

192 **Tasnière.** Sujets mythologiques, 10 p.

193 **Tavernier.** Narcisse, la Circassienne au bain, 2 p. en haut. (enc.).

194 **Tempesta.** Histoire des sept frères Larra, 19 p.

195 — Chasses, etc., 12 p.

196 **Thomassin.** Apollon et les muses, p. en trav., gravée à Rome.

197 **Topographie.** La ville d'Ambrun en Dauphiné, g. s. bois au XVIᵉ siècle.

198 **Vard.** L'aumône au comédien, la visite au grand-père, 2 p. en haut., à l'aqua teinte.

199 **Velde** (Van de). Paysages, 14 p.

200 **Versailles,** St-Cloud, Meudon et environs de Paris, 20 p. divers formats.

201 **Visscher.** Animaux à l'abreuvoir, p. en larg., belle ép.

202 **Visscher.** Intérieur hollandais, belle ép.

203 **Vliet.** Gueux, 7 p.

204 **Volpato.** Loges de Raphaël, 2 p. (encad.).

205 **Woolett.** Paysage, d'après Claude Lorrain (enc.).

206 — Niobé, p. en larg.

207 **Wille.** D'après Micris. La tricoteuse hollandaise.
208   —   La devideuse, mère de Gérard Dow.
209   —   La tante de Gérard Dow.
210   —   Le médecin consultant (encad.).
211 **Zingq.** Port de mer, ép. avant la lettre très-belle. — Daudet, ruines, 2 p. in-4° en trav.

PORTRAITS.

212 **Daullé.** Portrait de l'acteur Baron.
213 **Demarcenay** de Ghuy. Portrait du comte de Nassau et sa femme, d'après Rembrandt.
214 **Drevet.** Le cardinal Dubois.
215   —   J. V. de Besenval, baron de Brustat.
216   —   Hélène Lambert, dame de Motteville, in-fol., très-belle épreuve, elle est doublée.
217 **Edelinck.** Pierre Bertin, trésorier des parties casuelles, d'après Nicolas de Largillière.
Très-rare épreuve non décrite, la tête du personnage n'est qu'au simple trait.
218 **Faber.** Anne, reine d'Angleterre, in-fol. en m. noire.
219 **Ficquet.** Crebillon.
220   —   Chenevière.
221 **Galle** (C.). Raymond de Podio, 1er maître de l'ordre de St-Jean-de-Jérusalem, p. in-8°.
222 **Haid.** Mme du Chastelet. — Samuel de Cocceii. — Ernest Joachim de Wesphalie, 3 p. in-fol. en m. noire.
223 **Henriquel-Dupont.** Rachel, in-4° sur chine.

224 **Leu** (Thomas de). Henri II, Henri III, François de Valois, frère de Henri III, Katerine de Médicis, Louise de Lorraine, 5 petits portraits ovales, les légendes sont en latin.

225 **Leu** (T. de). Bertrand d'Argentré, in-4°.

226 — (T. de, école de). Le duc de Joyeuse (1587), in-4°.

227 **Landry** (chez). Messire Jean de Bernières de Louvigny, trésorier de France, à Caen, in-8° en haut.

228 **Lempereur.** Cl. H. Wattelet de l'académie de peinture, d'après Cochin.

229 **Lépicié.** Catherine de Seine, épouse du s^r Dufresne, port. oval sur un piédouche, belle ép.

230 **Mellan** (C.). Pierre Seguier, chancelier de France, in-fol.

231 **Mellan.** Charles de Crequi, duc de Lesdiguières, in-fol.

232 **Mécou.** Louise-Marie-Adelaïde de Bourbon-Penthièvre, duchesse d'Orléans.

233 **Passeus.** Petrus Guenault medicus genabensis, p. ov.

234 **Pierron.** Louis XVI, roi de France, in-fol.

235 **Roullet.** D'après Mignard. Le marquis de Beringhen, gouverneur des citadelles de Marseille, p. in-fol., belle ép.

236 **Schmist.** C. G. de Tubières de Caylus, évêque d'Auxerre, p. in-fol.

237 **Thevenard.** Le cardinal Fleury, in-4°.

238 Portraits de divers formats, 1 lot.

Orléans, imp. et lith. Caæno, rue Croix-de-Bois, 21.